MISSION

PROVIDENTIELLE

DE LA FRANCE

PAR

l'Abbé G...

(*Univers* du 17 septembre 1873.)

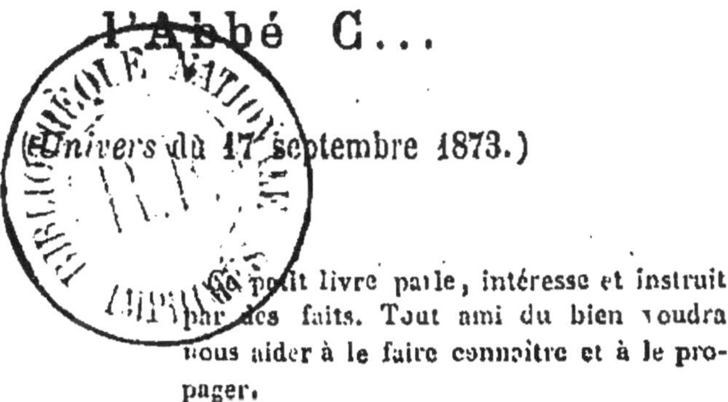

Ce petit livre parle, intéresse et instruit
par des faits. Tout ami du bien voudra
nous aider à le faire connaître et à le propager.

BIBLIOTHÈQUE DE TOUT LE MONDE

Pour la France : à TOURCOING (Nord)
Pour la Belgique : à MOUSCRON

MISSION PROVIDENTIELLE DE LA FRANCE

I.

Les nations, comme les individus, ont leurs destinées tracées à l'avance dans les conseils de Dieu. Mais comme les nations n'ont point d'existence dans une autre vie, dès ici-bas elles sont punies ou récompensées, elles s'élèvent ou elles tombent, suivant qu'elles remplissent ou trahissent leur mission.

Quelle est donc, dans les vues de Dieu, la destinée de la France? Quelle est sa mission providentielle dans ce monde?

Interrogeons l'histoire. Les témoignages écrits, comme les événements dont elle nous a conservé le souvenir vont nous l'apprendre.

Au commencement du cinquième siècle, on voit plusieurs puissances ou royaumes en Occident formés ou se formant des débris de l'empire romain. Ils étaient ou païens ou infectés de l'hérésie d'Orient. Les premiers qui cédèrent à la douceur de la grâce et embrassèrent la vérité, ce furent les Francs, premiers-nés des peuples catholiques, première nation d'un monde nouveau, fille aînée de l'Église.

« Pour convertir à la foi toute la belliqueuse nation des Francs, Dieu, dit Bossuet, suscita un saint Remi, homme apostolique, par lequel il renouvela tous les miracles qu'on avait vus éclater dans la fondation des plus célèbres églises, comme le remarque saint Remi lui-même dans son testament (1). »

Or, ce grand saint et le nouveau Samuel appelé pour sacrer les rois de France, parlait ainsi à Clovis, la veille du baptême de ce prince : « Apprenez, mon fils, que votre royaume est prédestiné de Dieu à la défense de l'Église romaine, qui est la seule véritable Église du Christ. Ce royaume sera un jour grand entre tous les royaumes de la terre. Il embrassera les limites de l'empire romain et soumettra tous les autres royaumes à son sceptre. Il durera jusqu'à la fin des temps; il sera victorieux et prospère tant qu'il restera fidèle à la foi romaine

(1) *Politique*, liv. VII, ch. XIV.

et ne commettra pas un de ces crimes qui ruinent les nations. Mais il sera rudement châtié toutes les fois qu'il sera infidèle à sa vocation (1). » La tradition non interrompue de tous les siècles a constaté l'authenticité de cette prophétie; tous les auteurs ecclésiastiques, tous les anciens chroniqueurs, depuis le vénérable Bède, au viie siècle, jusqu'à Baronius au xvie, en ont fait mention lorsqu'ils ont parlé de saint Remi et de la conversion des Francs.

« Tous les saints qui étaient alors, dit encore Bossuet, furent réjouis du baptême de Clovis, et dans le déclin de l'empire romain, ils crurent voir dans les rois de France une nouvelle lumière pour tout l'Occident et pour toute l'Église (2). »

En effet, l'an 496, l'année même où saint Remi révélait à Clovis les destinées de sa nation, le pape Anastase écrivait à ce prince par le prêtre Eumérius pour le féliciter de ce que l'Église allait trouver en lui un puissant protecteur : « Glorieux et illustre fils, lui disait-il, soyez la consolation de l'Église votre mère, soyez-lui pour la soutenir une colonne de fer, car la charité d'un grand nombre se refroidit; et par la ruse des méchants notre barque est battue d'une furieuse tempête. Mais nous espé-

<hr>

(1) *Annal. Baronii.*
(2) *Politique*, liv. VII, chap. XIV.

rons contre toute espérance et nous louons le Seigneur de ce qu'il vous a tiré de la puissance des ténèbres pour donner à son Église, dans la personne d'un si grand prince, un protecteur capable de la défendre contre tous ses ennemis (1). » La joie du saint Pape était d'autant plus grande que Clovis était alors le seul souverain catholique.

Saint Avit, évêque de Vienne, quoique sujet des Burgondes, adressait aussi des lettres à Clovis pour le louer de sa conversion et pour l'engager à user de son pouvoir dans l'intérêt du royaume du Christ. « Il n'y a plus qu'une chose, lui écrivait-il, que je désire voir augmenter encore : c'est que, du moment que Dieu fait par vous votre nation tout à fait sienne, vous procuriez du bon trésor de votre cœur les semences de la foi aux nations plus lointaines plongées encore dans leur ignorance naturelle, mais non corrompues par des dogmes pervers (2). »

Le Pape Anastase et saint Avit ne furent point trompés dans leur attente; et les vœux qu'ils formaient pour le triomphe de Clovis et la prospérité de sa nation furent exaucés. La victoire décisive que ce prince remporta sur les Visigoths, dans les

(1) *SS. Conc. coll.*, t. IV.
(2) *Conc. gall.*, t. I.

plaines de Vouillé, en fut la preuve manifeste. Lors-
que, rassemblant ses soldats pour cette expédition,
Clovis leur déclare qu'il supporte avec chagrin que
les ariens possèdent la moitié des Gaules, et qu'en-
suite, fondant sur ses ennemis, il réduit leurs provinces en sa puissance, alors, assurément, il est
permis de révoquer en doute le désintéressement
de ce prince ; mais on reconnaît la foi de la multi-
tude et le premier réveil de la conscience chez ce
peuple à qui il ne suffit plus de promettre le prix
ordinaire des combats. Il s'agissait d'étendre le seul
royaume catholique de l'univers, d'agrandir l'héri-
tage du Christ, d'humilier les hérétiques. Pour ce
motif, les Francs répondent avec empressement à
l'appel de Clovis, et leur victoire sur les Visigoths,
en même temps qu'elle porte un coup mortel à l'hérésie arienne, leur assure pour longtemps la pré-
pondérance dans les pays d'Occident.

Ainsi la nation des Francs se trouva bien de s'ê-
tre montrée pour la première fois fidèle à la mission
que lui avait révélée saint Remi. Nous verrons le
même fait se reproduire constamment dans la suite
des âges ; et Claude de Seyssel au xve siècle rappel-
lera à Louis XII que la prospérité des rois ses prédécesseurs a toujours été en raison de leur piété
envers la sainte Église romaine. *Eoque magis quo
secundiori sunt usi fortuna, propter eam pietatem et*

pluribus adjecti beneficiis ipsius antecessores (1). Ce fut du reste, comme le remarque le même auteur, en leur qualité de défenseurs-nés de l'Église du Christ que les rois de France ont porté dès l'époque la plus reculée le titre de rois très-chrétiens, prérogative dont on fait remonter l'origine jusqu'à Childebert II, roi d'Austrasie, à qui saint Grégoire le Grand écrivait sur la fin du vi° siècle que le « royaume des Francs est autant élevé en dignité au-dessus des autres royaumes que la royauté elle-même est au-dessus de la condition des hommes privés. » *Quanto cæteros homines regia dignitas antecedit tanto cæterarum gentium regna regni vestri profecto culmen antecellit* (2).

II.

Vers l'an 580, le pape Pélage II exhorte son ami saint Aumaire, évêque d'Auxerre, à se servir de la confiance que les rois francs avaient en ses conseils pour les engager à donner du secours à

(1) *De Monarchia Franciæ.*
(2) S. Grég. Ep. V, t. II.

l'Italie et particulièrement à l'Église de Rome, qui avait beaucoup à souffrir des incursions des Lombards. « Ce n'est pas en vain, lui disait-il, et sans un dessein particulier de la divine Providence que vos rois font profession de la foi catholique. Dieu a voulu par là nous donner des voisins capables de secourir l'Italie, et surtout la ville de Rome, d'où la foi leur est venue (1). »

Un siècle plus tard, le pape Étienne II implore le secours de Pépin et de ses deux fils, Charles et Carloman, contre Astolphe, roi des Lombards. « C'est à vous, leur dit-il, qu'est réservé cet honneur d'exalter l'Église et de faire justice au prince des Apôtres. C'est vous qu'il a destinés et préélus pour cet effet avant les siècles éternels. » Dans une seconde lettre : « Hâtez-vous, mes bien-aimés, hâtez-vous de venir à notre secours, de peur que nous ne périssions et que les nations de l'univers ne disent : Où est la confiance que les Romains mettent, après Dieu, dans les rois et la nation des Francs? » Enfin, dans une troisième, il leur écrit au nom de saint Pierre, et leur dit : « Mes chers fils, je vous exhorte et je vous presse de délivrer de la violence des Lombards ma ville de Rome, mon peuple et la basilique où je repose selon la chair. Persuadez-

(1) *Conc. gall.*, I.

vous que je parais devant vous en personne pour vous en conjurer dans les termes les plus pressants, parce que, en effet, suivant les promesses de mon Rédempteur, c'est vous, peuple des Francs, qui êtes mon peuple de prédilection entre les nations de la terre. C'est moi qui vous ai donné la victoire sur vos ennemis, c'est moi qui vous la donnerai encore dans la suite si vous accourez au secours de l'Église romaine (1). »

Qui fut plus empressé que Pépin et Charlemagne à répondre à l'appel du Pape, et à venir en aide à l'Église de Rome ? Mais aussi quel ne fut pas l'éclat du règne de ces deux princes! Saint Pierre, selon la promesse qu'il leur en avait faite par la bouche de son successeur, les récompensa grandement de leur dévouement à la cause de Jésus-Christ, en bénissant constamment leurs armes et en procurant l'agrandissement de leur empire.

Ainsi, comme c'était l'épée de Clovis qui avait donné le coup de la mort à l'hérésie arienne dans les contrées d'Occident, c'est l'épée de Charles Martel qui sauve l'Europe chrétienne de la barbarie mahométane. C'est encore la même épée des rois francs qui, sous Pépin et Charlemagne, consolide l'indépendance même temporelle de l'Église ro-

____

(1) *S. S. Conc. coll.*, t. XII.

mainè, et avec elle et par elle la liberté et l'indépendance de tous les rois et peuples chrétiens.

Sur le point de mourir, Charlemagne recom-
mande par-dessus tout à ses enfants d'être toujours
fidèles à cette tradit'on de leurs ancêtres. « Ayez
soin, leur dit-il, de prendre en toute circonstance
la défense du Pape, ainsi que l'ont fait notre aïeul
Charles, surnommé Martel, le roi Pépin, notre père
d'heureuse mémoire, et nous par après. Efforcez-
vous de le défendre contre ses ennemis et de lui
faire avoir justice autant que vous le pourrez (1). »

III.

A l'époque des croisades, la France n'oublia
point cette grande tradition nationale et se montra
constamment fidèle à sa mission. Durant trois siècles, elle apparaît si visiblement comme le bras
de Dieu dans les hauts faits d'armes qu'elle accom-
plit en Asie, que le recueil des historiens des croisades peut, et à bon droit, être intitulé : *Gesta Dei*

(1) Rohrb., t. XI.

per Francos (1). Comme dans le passé, le dévouement de la France pour la cause du Christ ne fut
pas sans récompense : il lui valut d'être de plus en
plus la première entre les nations catholiques de
l'Europe; et les exploits des Godefroy de Bouillon,
des Tancrède, des saint Louis, pour reconquérir le
tombeau du Sauveur, rendirent tellement illustre le
nom de Franc dans les pays d'Orient, que ce nom,
chez les infidèles, désignait indistinctement tous les
peuples de la chrétienté. La France et l'Occident
étaient à leurs yeux une seule et même chose.

Aussi, à cette date mémorable, le grand Pape
Grégoire IX, écrivant à saint Louis, aimait à rap-
peler, dans un magnifique langage, la mission providentielle de la France, et la louait de sa cons-
tante fidélité à combattre pour les intérêts du
Christ et l'honneur de l'Église. « Comme autrefois,
disait-il, entre les tribus d'Israël, la tribu de Juda
reçut des priviléges tout particuliers, ainsi le
royaume de France a été distingué entre tous les
royaumes de la terre par un privilége d'honneur et
de grâce. De même que cette tribu, figure du
royaume de France, quand elle combattait pour le
Seigneur, terrifiait toujours les bataillons ennemis

(1) *Gesta Dei per Francos,* par Jacques Bongars, 2 vol.
in-fol., 1611.

et les foulait aux pieds, de même le royaume de France a toujours combattu les combats du Seigneur pour accroître la foi catholique, défendre la cause de Dieu en Orient et en Occident et dompter les ennemis de l'Église.

De même encore que la tribu de Juda n'imita jamais les autres tribus dans leur apostasie, de même le royaume de France ne put jamais être ébranlé dans son dévouement à Dieu et à l'Église. Bien plus, rois et peuple n'ont jamais hésité à verser leur sang pour la conservation de la foi. Il est donc manifeste que ce royaume béni de Dieu a été choisi par notre Rédempteur pour être l'exécuteur spécial de ses divines volontés. Jésus-Christ l'a pris en sa possession, comme un carquois d'où il tire fréquemment des flèches choisies, qu'il lance avec la force irrésistible de son bras, pour la protection de la liberté et de la foi de l'Église, le châtiment des empires et la défense de la justice. Aussi tous nos saints prédécesseurs dans leur détresse n'ont pas manqué de réclamer les secours que les rois de France ne leur ont jamais refusés (1).

(1) *Conc. coll.*, t. XII.

IV.

Hélas! un demi-siècle à peine s'était écoulé que la France brisait la chaîne de cette glorieuse tradition et cessait, au moins dans la personne de ses princes, de mériter ces éloges.

C'est Philippe le Bel qui le premier déserte la bonne cause et avec l'aide de ses légistes commence l'attaque en souffletant, par la main de Colonna, le vicaire de Jésus-Christ, et en préparant, par sa politique impie, le schisme le plus lamentable qui ait jamais désolé l'Église.

Le châtiment ne se fit pas longtemps attendre. Il y avait à peine quinze ans que Philippe était mort, emportant dans la tombe les malédictions de ses peuples, que sa descendance directe s'éteignait dans le troisième et dernier de ses fils, Charles le Bel. La France elle-même était rudement châtiée. Elle se voyait trahie par ses propres princes et foulée aux pieds par l'étranger, contre lequel elle devait lutter pendant cent ans, non pour reculer ses frontières, mais pour ne pas devenir une province anglaise.

Tant de calamités dont la France ne fut délivrée que par une intervention manifestement divine ne semblent pas avoir ramené pour longtemps les générations suivantes à des sentiments meilleurs. « Nous voyons, dit Rohrbacher, la France de François Ier et de Henri II dégénérer toujours davantage ; et, bien loin de défendre l'Église de Dieu au dedans et au dehors, se liguer avec les Turcs contre les chrétiens et avec les hérétiques contre les catholiques. Nous la voyons attisant le feu de la discorde religieuse et politique en Allemagne et en Angleterre, jusqu'à ce qu'il éclate chez elle et la couvre de sang et de ruines (1).»

Cependant, malgré la faiblesse de ses rois, malgré la défection d'une certaine partie de la noblesse et de la magistrature, la France catholique au xvie siècle combat avec énergie pour le maintien de la vraie foi, et, grâce à la ligue, elle parvient à empêcher que le trône de saint Louis ne fût souillé par l'hérésie. La nation en est récompensée par la période glorieuse qui s'ouvre à la conversion de Henri IV. Sauf pour la politique extérieure inaugurée par Richelieu, politique qui, en définitive, amena en Allemagne la propondérance du protestantisme, c'est-à-dire de la Prusse, et qui n'est

(1) Rohrb., t. XXIV.

pas étrangère à la condition présente des races latines, il y eut alors en France un mouvement catholique qui replaça la fille aînée de l'Eglise à la tête des nations de l'Europe.

Mais il est bien rare que l'excès de la gloire et de la prospérité n'enivre les âmes, même les plus nobles et les plus magnanimes. Louis XIV, au comble de la puissance, reprend les traditions de Philippe le Bel, et, par son édit de 1682, essaye d'amoindrir à son profit l'autorité du Pontife romain. Ce fut pour son malheur et celui de son peuple. La date de 1682 ouvre, à quelques années près, cette période de guerre qui aboutit à la paix humiliante de Ryswick. A partir de cette époque, Louis XIV, malgré son repentir et sa foi profonde, se voit abandonné par la fortune et frappé dans ses affections les plus chères par la mort prématurée de ses enfants.

Durant tout le cours du XVIIIe siècle, la France ne semble se servir de son influence que pour contredire sa vocation, et, grâce à la suprématie de sa langue et à son esprit de prosélytisme, elle parvient à démoraliser l'Europe. Mais elle ne tarde pas à trouver sa punition dans les doctrines qu'elle a soutenues et propagées. Royauté, noblesse, clergé, peuple, aucun rang, aucun ordre n'est épargné. Les victimes prises dans toutes les conditions sociales comptent par millions.

V.

Au faîte d'une puissance inouïe, au moment où l'Europe abattue tremblait à ses pieds, le premier des Bonapartes, dépassant en violence les plus mauvais princes, déclara, par une lettre datée de Schœnbrunn (1), les États de l'Église partie intégrante de son empire, et donna l'ordre au général français qui commandait à Rome de mettre la main sur le Vicaire de Jésus-Christ. A la nouvelle qu'il était excommunié, Napoléon, voulant marquer son dédain pour les censures de l'Église, avait dit que les foudres du Vatican ne feraient pas tomber les armes des mains de ses soldats.

Dans le fait, Pie VII ne délia point les sujets de Napoléon du serment de fidélité (il le déclara formellement); il ne chercha point à former une coalition contre son tout-puissant oppresseur. Il s'en remit à Dieu de ce soin, et il fit bien. Quelques

(1) Ce fut à Schœnbrunn, dans la chambre même où Bonaparte dictait cette lettre, que mourut, vingt ans après, le roi de Rome, le duc de Reichstadt.

années après, malgré ce qu'en avait dit Bonaparte, les soldats abandonnaient leurs armes dans les neiges de la Russie, et les désastres de Moscou et de Waterloo vengeaient la cause de l'Église et de son chef.

VI.

Quand Pie IX excommuniait récemment les envahisseurs de l'État romain et leurs fauteurs, il n'était pas douteux que Napoléon III se trouvât compris dans le nombre. Il fut même le premier à subir le châtiment; et c'était justice : il était le grand coupable. Depuis le congrès de Paris, s'il n'avait pas tout conseillé, il avait du moins tout permis, tout laissé faire, quand il pouvait et devait tout empêcher. Pie IX, il est vrai, ne toucha point à la couronne de l'empereur des Français. La Providence s'était réservé cette tâche par la journée de Sedan.

Si, en favorisant les spoliateurs du Saint-Siége, le second Bonaparte obéissait à sa haine de sectaire et accomplissait les promesses jurées autrefois par lui dans les ventes du carbonarisme, il répondait aussi par cette politique, il faut l'avouer aux idées révolutionnaires d'une trop grande partie de la nation. Qui n'eut occasion d'en faire la remarque, à partir surtout du congrès de 1856? Il était manifeste que l'unité italienne serait un danger pour la France, en créant à nos portes une puissance avec laquelle il faudrait désormais compter. N'importe, cependant: l'opinion publique, pervertie par la presse révolutionnaire, acclamait cette unité en haine de la papauté. Il n'était pas douteux que la guerre de 1866, si l'Autriche était vaincue, aurait pour conséquence l'unité de l'Allemagne au profit d'un voisin redoutable et ambitieux. N'importe encore, la cause de la Prusse était sympathique. C'était pour elle que toute la presse anti-catholique faisait des vœux; car il était évident que son triomphe faciliterait celui de la révolution en Italie, et aiderait ainsi à la chute définitive de la puissance temporelle du Saint-Père,

Comme la France a eu sa part dans le crime du chef de l'État, elle aura donc aussi sa part dans le châtiment; et les désastres de la guerre de 1870, qui sont la punition de cette grande apostasie nationale, viendront confirmer une fois encore la vérité des paroles d'un grand publiciste chrétien : « Il n'y a qu'à ouvrir l'histoire, dit le comte de Maistre, pour voir que le châtiment envoyé à la France, quand elle est coupable contre Dieu et l'Église, sort de toutes les règles ordinaires (1). »

Du reste, tout a révélé la main vengeresse de Dieu dans les terribles défaites que nous avons subies durant la dernière guerre. « Le jour, écrit le général du Temple, le jour, pas la veille, pas le lendemain, le jour où nos troupes sortaient de Rome, nous éprouvions notre première défaite, Wissembourg; et nous perdions dans cette bataille un nombre d'hommes égal à celui qui sortait de la ville éternelle.

« Le jour où le dernier soldat quittait l'Italie, à Civita-Vecchia, nous perdions notre dernière réelle bataille, Reischoffen.

« Le 4 septembre 1870, jour où croula la dynastie napoléonienne, était le dixième anniversaire du 4 septembre 1860, jour où Napoléon III, craignant plus les bombes d'un nouvel Orsini que Dieu, complotait dans une rencontre avec Cavour l'unité italienne et la chute de la papauté.

« Enfin, le jour où les Italiens paraissaient devant Rome, les Prussiens paraissaient devant Paris, et l'investissement complet des deux villes commençait le même jour (2). »

(1) *Considér. sur la France*, ch. II.
(2) Lettre publiée dans l'*Univers*.

Ainsi Dieu n'attend pas toujours par delà la tombe pour punir les princes coupables, et dès cette vie il ne manque jamais de châtier les crimes des nations. Sa justice réclame ces châtiments : elle est inexorable. Le second Bonaparte est puni de sa politique criminelle envers l'Église par la chute la plus honteuse dont fasse mention l'histoire, et la France, qui a trop souvent soutenu les infamies de cette politique, expie sa faute dans des torrents de sang.

Oui ! il faut en faire l'aveu, c'est par Dieu lui-même que nous avons été vaincus. Le ciel et la terre, les éléments et les saisons, tout a été contre nous dans cette guerre lamentable, et nous pouvons à bon droit répéter les paroles de saint Grégoire le Grand : *Qui in cunctis deliquimus, in cunctis ferimur*, nous avons abusé de toutes choses, nous sommes frappés en toutes choses (1). Nos crimes sont devenus les instruments de notre punition. C'est la France qui a fait la Prusse, et Dieu se sert de la Prusse pour nous frapper. C'est la France qui, depuis un siècle, est en Europe la mère de la Révolution, et Dieu permet, pour achever notre perte, qu'au 4 septembre nous tombions entre les mains de la Révolution.

____

(1) Hom. 36, *In Evang.*

VII.

Où en sommes-nous aujourd'hui ? Y a-t- il un retour dans les esprits? La lumière commence-t-elle à se faire sur la véritable cause de nos malheurs? S'aperçoit-on enfin que c'est à Rome que nous avons été vaincus et que c'est à Rome que nous prendrons la revanche ? Jusqu'à présent, à s'en tenir aux apparences, il n'y paraît guère. M. Senard a félicité Victor-Emmanuel de son usurpation sacrilége ; M. J. Favre a donné l'assurance à M. Visconti-Venosta que le gouvernement français verrait avec sympathie se consommer l'unité italienne ; M. Thiers, du haut de la tribune, a soutenu que l'Italie était en droit de faire ce qu'elle a fait, et l'Assemblée de Versailles, après de longs débats, a décidé que nous devions sur ce point nous en rapporter à la prudence de M. le président de la République. Voilà où en est la France qui gouverne. Cependant soyons justes, la majorité de l'Assemblée, malgré le vote émis récemment sur la question romaine, ne cesse pas d'être toujours franchement dévouée à la cause du

Saint-Siége. Personne n'oserait en dire autant du pouvoir exécutif.

Mais en dehors de la France officielle, il y a la France catholique et la France révolutionnaire, la France de Charlemagne, de saint Louis, de Henri IV, de Louis XIV, et la France des Favre, des Ferry, des Picard, des Gambetta et des Barodet.

La première est celle qui dans la dernière guerre a largement payé sa dette à la patrie. Tandis que les révolutionnaires, avocats, médecins, journalistes, gens de lettres, couraient aux places qui offraient le double avantage du lucre et de la sécurité, les fils de ces vieilles familles où la religion est unie à la foi monarchique, couraient aux armes, sauvaient dans plusieurs rencontres l'honneur du drapeau et méritaient par une mort héroïque qu'on leur appliquât ces belles paroles de saint François de Sales : « Ah! que les Français sont braves quand ils ont Dieu de leur côté; qu'ils sont vaillants quand ils sont dévots! » (Oraison funèbre de M. de Mercœur.)

La France catholique est encore celle qui court présentement à la prière et qui plus que jamais est persuadée que la cause de l'Église est celle de la France. Et dans le fait, on l'a dit avec vérité : « *Il n'y a pas un intérêt catholique dans le monde qui ne soit en même temps un intérêt français.* »

Bien plus, une loi historique et providentielle facile à constater, c'est que la France s'affaiblit dans la mesure et pour les causes de l'affaiblissement de l'Église.

En face de cette France catholique, qui est plus que jamais peut-être la fille aînée de l'Église, il y a la France révolutionnaire. C'est elle qui récemment était pour la Prusse contre l'Autriche ; c'est elle qui a voulu et qui veut encore l'unité italienne ; c'est elle qui applaudit à tout ce qui se fait présentement en Allemagne et en Suisse contre le catholicisme. Le trait d'union de cette France avec des nations ennemies, c'est sa haine contre l'Église.

On a parlé d'essai loyal. Hélas ! il est fait depuis longues années et à nos dépens. Inaugurée par les fameux principes de 89, principes qui devaient faire la grandeur et la prospérité de la France, la Révolution à l'œuvre depuis 80 ans aboutit à ce que nous voyons aujourd'hui : à la perte de deux provinces, à une rançon de cinq milliards et à la proclamation de Guillaume de Hohenzollern comme empereur d'Allemagne, dans le palais du grand roi, aux portes de Paris vaincu et à demi brûlé. Voilà les conséquences de ces principes, qui ne sont autre chose que l'apostasie sociale de Dieu et de son Christ, l'athéisme légal, c'est-à-dire le dissolvant le plus énergique de toute société. Voilà la dernière étape de cette Révolution qui a fait subir tant de convulsions, tant d'amoindrissements à notre infortuné pays.

Après avoir détruit dans les trois quarts des cœurs les saintes croyances et les fortes traditions, elle nous amène à ce point de défaillance où l'on se demande si la France pourra jamais réparer ses ruines et reprendre dans le monde son rang et son influence.

Instruits par une dure expérience, puissions-nous reconnaître que la Révolution est la cause unique de nos malheurs et le seul obstacle au relèvement de notre bien-aimée patrie.

Que la France rende donc au plus vite le venin révolutionnaire qui la mine depuis la fin du dernier siècle : c'est-à-dire qu'elle cesse de croire que Dieu n'est pour rien dans les affaires de ce monde, que dans sa politique et sa législation elle s'inspire de la doctrine catholique; qu'elle revienne au code immortel des commandements de Dieu comme principe de tout gouvernement, comme base unique de tout ordre social. Voilà le salut de la France, et il n'est que là. Mais finira-t-on par le voir en temps utile? Et quand enfin on le verra, aura-t-on le courage d'entrer résolûment dans cette voie?

C'est là ce que demandent à Dieu tous les cœurs catholiques et vraiment français. Malgré des obstacles humainement invincibles, ils espèrent cependant que leurs prières seront exaucées, et que la main de Dieu, selon la belle parole d'un ancien, ne manquera pas d'intervenir là où fait défaut toute assistance de la part des hommes. *Necesse est adesse divinum ubi humanum cessat auxilium* (1). D'ailleurs, si Dieu ne veut point en finir avec le monde; si des jours prospères sont encore réservés à l'Église, il convient que la France, qui a partagé les douleurs et les humiliations de sa *Mère*, ait aussi sa part dans le triomphe. Comme le disait Jeanne d'Arc en agitant sa bannière sous les voûtes de la cathédrale de Reims : *Elle a été à la peine, il est juste qu'elle soit à l'honneur.*

(1) Eusèbe, lib. 11, *Hist.*

FIN.

BIBLIOTHÈQUE DE TOUT LE MONDE.

APPEL. — Qui ne voudra contribuer à répandre dans les familles, soit directement, soit par l'intermédiaire des écoles, des patronages, des cercles catholiques d'ouvriers, etc., ces véritables *petits messagers du bien*, du prix si minime de 5, 10 et 15 centimes? Venir ainsi prêter force et appui à une œuvre d'un intérêt à la fois si éminemment religieux, si éminemment moral et social?

RÉDUCTION SPÉCIALE. — Pour donner plus de rapidité à notre propagande, toute demande *d'un même numéro*, soit *d'un même petit livre*, donnera droit à la réduction, savoir ; par 100 exemplaires, de 20 0/0 — par 200 exemplaires, de 30 0/0 et *franco*.

PAIEMENTS. — FRANCE. — Pour la simplification de nos écritures, les demandes de 20 fr. et au-dessous devront toujours être accompagnées du montant de leur valeur, soit en timbres-poste, soit et de préférence en un mandat sur la poste; — pour les demandes supérieures, nous accorderons des termes de payement toutes les fois qu'il s'agira de faciliter la propagande, et sur la demande qui nous en sera faite.

BELGIQUE. — Pour nos souscripteurs de Belgique, la demande peut être faite par une simple *carte-correspondance* de 5 centimes, adressée à **MOUSCRON**; et nous nous chargerons d'opérer le recouvrement par une quittance déposée à la poste.

EXPÉDITIONS FRANCO. — Tous nos envois sont expédiés *franco* par la poste, ou jusqu'à la gare ou le bureau de messagerie le plus rapproché. — Prière de nous indiquer, dans la demande, cette gare ou ce bureau de messagerie.

EXTRAIT DE NOTRE CATALOGUE.

Le catalogue général sera envoyé à qui nous le demandera.

à 5 centimes

1 La Journée d'un brave homme.
2 Je ne vois pas grand mal à ça.
3 Ce qu'il faut savoir et croire.
4 Ce qu'il faut faire.

à 10 centimes.

1 La Vie de famille.
2 Bon Père.
3 Bonne Mère.
4 Bon Fils.
5 Moyen d'être un homme comme il faut.
6 Ce qu'il faut pour faire une bonne famille.
7 Conseils à l'envers.
8 Le Hic et les défaut des autres.

2 **LA PROBITÉ.**
Plus souvent qu'on ne pense on blesse la probité : causes véritables du vol.

3 Le Mois de Marie de tout le monde. Lectures pour toute l'année; véritable code chrétien. In-18.

4 **LE PENSEZ-Y BIEN.**
Puisse ce livre apporter lumière et consolation à tant d'âmes qui travaillent, souffrent et s'égarent sans espérance et sans dédommagement. — 200 pages. Relié. » 75

5 Vie et Mois de Saint Joseph. 31 chapitres instructifs et intéressants, avec exemples. In-18.

6 Petites Histoires pour les enfants.

7 La Divine Providence; avec prières du matin, du soir, messe, vêpres. Cartonné.

8 Petit Paroissien, suivi du Manuel de tout chrétien. Reliure anglaise. » 75

9 Journée du Chrétien; avec exemples à chaque chapitre. Relié » 75

10 Visite au Saint-Sacrement et à la sainte Vierge. Relié. » 75

11 **LE SAINT-PÈRE ET ROME.** Pie IX et la France, son élection, amnistie, sa fuite, son retour, la journée du Saint-Père, sa chambre, sa charité, sa cour, etc., etc.

LIVRES DE PROPAGANDE POUR BIBLIOTHÈQUES.

LA CHARITÉ AUX ENFANTS. In-12. 146 pages. » 75
On n'y a pas assez pensé, on s'est presque toujours occupé de l'intelligence, et on a négligé de donner un but aux élans de leur cœur, seul moyen de les préserver contre les passions.

VIE DE SAINT ISIDORE LE LABOUREUR, ET DE SAINTE MARIE SON ÉPOUSE; miracles et canonisation des deux époux, élus patrons de Madrid. » 75

LES MODÈLES DE LA JEUNESSE, traits édifiants et intéressants, empruntés à la vie des saints. In-18. 360 pages. 1 »

LES TROIS HEURES DU CHRIST SUR LA CROIX, par le R. P. F. X. Weninger de la Compagnie de Jésus; traduit par M. l'abbé Bélet, in-18. 196 pages. » 60

PÂQUES DANS LES CIEUX, par le même. In-18. 326 pages; avec plusieurs approbations épiscopales, dont l'une porte : « C'est un livre du plus haut intérêt, et je lui prédis un succès immense. » 1 »

CONVERSATION DE DEUX PÈLERINS allant au Calvaire dans le temps de la mort de Jésus-Christ, par le même. » 60

HISTOIRE DE LA GUERRE D'ORIENT, in-12. 1 50

GUERRE D'ITALIE, grand in-8 illustré. 1 50

RÉVOLUTION FRANÇAISE, par L. de Crécy, in-12. 200 p. 1 50

Les vrais auteurs de la révolution sont ceux qui ont d'abord ôté tout frein comme toute consolation aux hommes en leur arrachant la foi, et qui ont en même temps fait appel à toutes les passions pour inspirer au peuple le mécontentement et le pousser à la révolte.

HISTOIRE DE NAPOLÉON Ier, in-12. 216 pages. 1 »

DOCTRINE CHRÉTIENNE DE LHOMOND 8e édit. in-12. 450 p. 1 50

Chaque chapitre est appuyé d'un exemple.

LE LIVRE DES HABITANTS DES CAMPAGNES. 9e édit. in-12. 140 pages. 1 »

Un double fléau qu'il importe d'extirper de nos mœurs actuelles, c'est l'abandon *du sol* par ceux qui le possèdent, et l'ignorance de leur profession par ceux qui le cultivent.

LA CHARITÉ ET LA MISÈRE A PARIS — les artistes, hommes de lettres, les institutions religieuses, etc. 1 vol. in-12. 290 p. 1 »

LA CHARITÉ ET LA MISÈRE A PARIS — le peuple, la misère les chiffonniers. 1 vol. in-12. 288 pages. 1 »

Ces volumes peuvent être pris séparément. C'est une suite de curieux détails sur le bien qui se fait à Paris, sur le mal qu'on y souffre, sur les industries inconnues. Le dernier volume est une véritable histoire de chiffonniers.

HISTOIRE DE L'ÉGLISE jusqu'à nos jours, par Lhomond, in-12. 360 p. 2 »

LE GÉNIE DU CHRISTIANISME, par Chateaubriand, in-12. 440 pages. 1 50

La littérature catholique n'est pas assez riche pour sacrifier des chefs-d'œuvre, et c'est une pensée vraiment évangélique que de les recueillir tous, de les populariser, de les mettre à la portée de toutes les bourses.

DICTIONNAIRE DES PLANTES MÉDICINALES INDIGENES, par le docteur Thierry de Maugras, Médecin principal dans l'armée, in-32. 160 p. » 60

Avec leur mode de préparation et suivi de quelques conseils et règles pour porter les premiers secours... Ouvrage indispensable à toute personne qui veut du bien aux pauvres et aux malades.

ENCYCLOPÉDIE POPULAIRE, 2 volumes gr. in 8 sur deux colonnes; reliés demi-toile. 12 » brochés. 10 »

L'encyclopédie donne par ordre alphabétique une idée nette, précise, saillante et pratique de toutes les questions qui intéressent le peuple — des faits viennent expliquer les idées — elle présente en outre de petits manuels professionnels, d'économie domestique, d'agriculture, de médecine populaire, etc.

ITINÉRAIRE DE PARIS A JÉRUSALEM. par Chateaubriand. in-12. 340 pages. 1 50

PRATIQUE DE LA COMMUNION SPIRITUELLE enseignée aux enfants avant et après la première communion, suivie de prières pour la sainte messe, visite au saint Sacrement. » 50

AUX ENFANTS (poésie), vision de saint Stanislas. » 10
— le plus beau jour de la vie. » 10

IMITATION DE JÉSUS-CHRIST D'APRÈS LES EVANGILES, précédée des prières de la messe, des exercices de la confession et de la communion, et des vêpres du dimanche ; par M. l'abbé Belet (avec belle et solide reliure anglaise). 1 50

NOUVEAU RECUEIL DE TRAITS ÉDIFIANTS, in-12, 366 pages. 5e édition. 1 25
Livre instructif, intéressant, composé de traits sur toutes les vérités dogmatiques et morales.

LECTURES ET PRIÈRES A L'USAGE DES GENS DU MONDE. In-12. 350 p. 1 50
Le livre contient deux parties: *Ce qu'il faut faire pour soi-même et ce qu'il faut faire pour les autres.* On y trouve en outre la messe, les vêpres, les prières pour la communion, la confession, une méthode pour la méditation, etc., etc.

HISTOIRE DE SAINT VINCENT DE PAUL. In-12. 260 p. 1 50
Ce qui est beau dans la vie de saint Vincent de Paul, ce sont surtout les détails; et il y en a tant et de si touchants!...

MANUEL DE CHARITÉ. In-12. 290 pages. 20e édit. 1 50
Qui a lu ce livre admirable ne peut se défendre et de l'acheter et de le propager.

UN APOSTOLAT INDISPENSABLE AU XIXᵉ SIECLE. In-12. 146 p. 1 »
Les mauvaises publications ont lourdement pesé sur les populations; essayons de rétablir l'équilibre en jetant de bonnes publications dans l'un des plateaux de la balance.

DICTIONNAIRE HISTORIQUE ET CRITIQUE des athées, des libres penseurs, des hérétiques et de quelques autres déserteurs de la foi : comment ils vivent, comment ils meurent, par M. Collin de Plancy. In-8º. 400 p. 5 »

LES GRANDS MODÈLES DE CHARITÉ, un superbe volume gr. in-8º, illustré de magnifiques gravures, très-propre à être donné en prix d'excellence. 8 »

NOUVEAU RECUEIL D'INSTRUCTIONS ET DE PRONES, par M. l'abbé Mullois. Joli vol. in-12. 250 p. 2 »

RETRAITE POUR LA PREMIÈRE COMMUNION, par le même. Joli vol. in-12 broché. 180 p. 1 50

COURS D'ÉLOQUENCE SACRÉE POPULAIRE, par M. l'abbé Mullois; 5 beaux vol. in-12 *se vendant séparément*: les 3 premiers 2 fr. chacun, les 2 derniers 3 fr.; ensemble . 12 »

Le 1er volume traite de la manière de parler.

Les 2e, 3e et 4e contiennent des sermons et instructions. Ce dernier volume est tout pratique; il contient tout entier des instructions et sermons pour presque tous les dimanches de l'année. Il y en a de l'auteur, il y en a de nos bons prôneurs, de nos bons prédicateurs, tels que les RR. PP. Gratry, Minjard, Souaillard ; de MM. Lecourtier, Landriot, etc.; enfin de saint Jean Chrysostome, et nul ne s'en plaindra.

Le 5e volume est composé de théorie, au moins en grande partie. Il contient 1º une étude sur les SS. Pères, 2º une étude sur la littérature populaire ; 3º une étude sur les orateurs et écrivains de ce temps-ci 4º sur les catéchismes, avec des exemples et des traits à raconter : des mélanges très-variés, comment il faut faire un *prône*, comment il ne faut pas prêcher, discours pour réunions de charité, comices agricoles, distributions de prix, bénédictions d'églises, de mariages, etc.

INDUSTRIES DU ZÈLE SACERDOTAL, par le même. 2 jolis vol. in-12, prix *franco*.   3 »

MANIÈRE DE PRÊCHER EN CE TEMPS-CI, conseils et sermons, par le même. 1 joli vol. in-12. 286 pages.   2 »

L'AMI DU JEUNE CLERGÉ, par le même. 3 vol. gr. in-8º de 5 à 600 pages chacun (1867-1868-1869), se vendent séparément. Prix chacun.   8 »

L'année 1867 contient 64 chapitres, sujets variés, conférences de Notre-Dame et table alphab.

L'année 1868 contient 78 chapitres, études, discours, conférences de Notre-Dame, table alphabétique.

L'année 1865 contient 67 chapitres, questions d'économie sociale, les campagnes, causeries, enseignement par les faits, les modèles du clergé de ce temps-ci, conférences du R. P. Félix, table alphabétique.

UN CATHOLIQUE PEUT-IL ÊTRE FRANC-MAÇON, par le baron Em. de Ketteler, évêq. de Mayence, in-8. 50 pages.   1 »

Adresser les demandes et les envois, savoir : *Pour la France:* A M. Augustin BOISLEUX, Fondateur de la Bibliothèque de tout le monde, à Tourcoing (Nord).

Pour la Belgique : A M. Augustin BOISLEUX, à Mouscron.

Imprimerie Eugène Heutte et Cie, à Saint-Germain.